Rêve de Noël

Eidole

Dépôt Légal : Juillet 2022

ISBN : 979-8768884864

"Noël n'est pas un jour ni une saison, c'est un état d'esprit."
John Calvin Coolidge

Je ne connais pas de meilleur réveil que celui du chatouillis nasal de la bonne odeur de pain grillé. J'ai dormi comme une masse, à tel point que j'ai l'impression d'avoir fusionné avec le matelas. La lumière perce à peine au travers des volets, mais je suis bien incapable de deviner l'heure. En déménageant de chez mes parents, j'ai peut-être laissé mon lit, mais j'ai pris mon réveil et j'ai toujours refusé d'en remettre un. La maison familiale est le seul endroit où je refuse l'emprise des heures qui passent. Je suis bien, je n'ai pas envie de bouger et comme à chaque fois, je me demande pourquoi je ne reviens pas plus souvent, avant de me rappeler tout ce qui m'attend chez moi. Je respire un grand coup pour laisser disparaître toutes ces pensées anxiogènes et reprendre le cours libre de cette journée de fête.

J'entends ma mère s'affairer en bas, je me motive à me lever pour aller l'aider. Nous avons une grosse matinée de préparation devant nous afin que tout soit prêt avant l'arrivée des invités. Nous avons cuisiné un maximum hier, mais toute la mise en place nous attend. À midi nous serons six, alors autant dire que nous allons avoir besoin de toutes les mains disponibles, surtout que nous avons tous notre spécialité dans la famille. Plus j'émerge, plus le menu me revient. Je commence à regretter de ne pas avoir d'horloge dans ma chambre. J'espère ne pas avoir dormi trop tard. Je cherche mon téléphone avant de me rappeler que je l'ai laissé à charger dans le salon en bas. Reposée comme je suis, je me dis qu'il va falloir mettre le turbo.

J'enfile mes chaussons et ma robe de chambre avant de dévaler les marches quatre à quatre. Si mon père et ma sœur n'étaient pas encore réveillés, c'est chose faite maintenant. Ma mère me réceptionne au pied de l'escalier en me demandant gentiment de ne pas faire trembler toute la maison. Je lui fais un rapide bisou avant de me rendre dans le salon face au sapin où je récupère mon téléphone. Les cadeaux sont là à nous attendre. Ma sœur n'étant pas encore debout, je n'ai pas le droit d'ouvrir les miens. Je suis prête à remonter pour la secouer "tendrement", après tout je suis sûre qu'elle aussi veut ouvrir ses cadeaux, mais ma mère préfère que je déjeune et que je la laisse dormir. A contre-cœur, je les rejoins, elle et mon père, dans la cuisine. Je salue ce dernier qui se retient de rire à la vue de ma tête déconfite. C'est toujours le même cirque le 25 au matin, les premiers debout ne veulent jamais attendre les derniers, mais cela fait aussi partie de la tradition.

❄❄❄

En effet, bien que nous ayons tous dépassé l'âge de croire au Père Noël, nous avons conservé le sapin avec ses cadeaux en dessous, discrètement disposés par chacun d'entre nous, et l'ouverture des paquets en famille au matin de Noël. Cette année pourtant ce ne sera pas la même chose, Guillaume, mon grand frère, travaille à Londres depuis septembre et n'a pas pu avoir de vacances. De plus, il finissait trop tard hier soir pour pouvoir enchainer l'Eurostar et le TGV pour Marseille. Ce sera donc notre premier rituel des cadeaux en famille incomplète. D'un côté, je m'en réjouis car c'est un gros dormeur, mais d'un autre, cela amorce un virage qui me fait un peu peur. Bientôt Charlotte, Guillaume et moi aurons tous les trois notre vie, et je ne sais pas comment et si nous pourrons conserver la force de notre lien.

Cependant, une chose me réjouit franchement, mes parents sont toujours en train de déjeuner, je n'ai donc pas dormi si longtemps que ça, ou alors, nous sommes tous très en retard. Un coup d'œil rapide à mon téléphone me fait cependant redescendre sur Terre. Il est déjà 9h30. Nous avons donné rendez-vous à midi à mes grands-parents, ce qui veut dire qu'ils seront là pour 11h30, soit dans un peu moins de deux heures maintenant. Mais cela n'a pas l'air d'alarmer plus que ça mes parents. Je rejoins donc la discussion légère sur les prochaines vacances au ski. Ma mère me sert un chocolat chaud traditionnel : lait, chocolat noir, caramel au beurre salé, marshmallow, crème fouettée, miettes de spéculoos et cannelle. Tous les plaisirs de la saison dans une même boisson ! – *Et je vous interdis de dire que c'est trop sans avoir goûté*. Je m'apprête à me couper du pain lorsque ma mère dépose devant moi sa spécialité : un pain d'épices au chocolat. Pas la peine de me demander la recette, elle la garde précieusement secrète.

– À quelle heure tu t'es levée ?, Il est encore tiède ! Je ne t'ai pas vu en préparer hier en plus.

– Moi aussi j'ai mes petits secrets et mes cachettes !, me dit-elle avec un sourire en coin.

❄❄❄

J'entends le pas de ma petite sœur à l'étage, tout aussi léger que le mien si on me demande mon avis. Pas le temps de finir mon petit déjeuner, je cours cueillir Charlotte au pied de l'escalier.

— Bah dis donc, tu en as mis du temps. Tu veux remplacer Guillaume ou quoi ? je lui lance en guise de bonjour.

— Guillaume a bien raison, comme ça dès que tu te réveilles t'as le droit aux cadeaux. Par contre tu aurais peut-être dû éviter de reprendre du foie gras hier. J'ai bien cru être réveillée par un tremblement de terre.

Je suis prête à lui répondre qu'elle avait fait au moins autant de bruit, lorsque ma mère me coupe et nous demande de bien vouloir respecter le matin de Noël et de reporter nos disputes à plus tard. Nous éclatons de rire, la prenons dans nos bras avant de nous ruer vers le sapin. Ma mère soupire en levant les yeux au ciel puis encourage mon père à nous rejoindre rapidement s'il ne veut pas que deux ouragans ouvrent ses cadeaux. D'une même voix, Charlotte et moi répondons que ce n'était pas notre genre avant d'exploser de rire à nouveau.

Ma sœur et moi, nous sommes comme ça, inséparables mais nous ne manquons jamais de nous envoyer des vannes, au grand dam de nos parents.

Nous aurions pu être jumelles si nous n'avions pas deux ans de différence. Lorsque nous sommes toutes les deux arrivées en âge de nous offrir des cadeaux, nous avons ajouté notre touche au rituel. Le premier cadeau que nous ouvrons est toujours pour l'autre, nous nous amusons alors à tenter d'imaginer et d'imiter les réactions sororales. Sûre de mon effet, je décide d'ouvrir le cadeau que j'offre à Charlotte. Hélas, elle se met à piailler avant même que je ne commence. Trop enjouée, j'ai déballé allègrement le paquet et Charlotte réagit au quart de tour en découvrant son cadeau. Alors bien sûr je suis déçue de ne pas pouvoir faire mon imitation, mais la réaction de ma sœur est si authentique que je n'aurais jamais été à la hauteur.

Le pire c'est que la saligote m'empêche de râler en faisant basculer mon univers. Ou plus précisément, j'ai le souffle coupé et la vue brouillée par 55kg et une chevelure folle qui se sont jetés sur moi. Je me console en admettant que mon imitation ne serait jamais arrivée à la cheville de l'original.

Ma mère joue l'ingénue en demandant ce que j'ai pu offrir en me gratifiant d'un clin d'œil, ma sœur n'est pas au bout de ses surprises. Je sais que Charlotte rêve de partir quelques jours avec Maxime, son nouveau copain. Mes parents quant à eux considèrent qu'ils vont un peu vite dans leur histoire. Dur de voir grandir leur dernier bébé. Alors pour lui donner un petit coup de pouce, j'ai décidé de lui offrir un coffret pour deux nuits en Europe. Mais je ne me suis pas arrêtée là. Après maintes discussions avec mes parents, j'ai réussi à leur faire entendre raison. Charlotte et Maxime vont pouvoir profiter à fond de leur premier week-end en amoureux.

– Charlotte, tu m'étouffes, lui dis-je. Laisse-moi respirer.

Une fois libérée, je reprends.

— Bon, vu que tu as gâché notre rituel, je te laisse continuer d'ouvrir tes cadeaux. Je crois que celui des parents devrait te plaire.

Je lui donne une enveloppe et me recule un peu en attendant une nouvelle vague d'émotions. C'est un vrai raz-de-marée lorsqu'elle comprend qu'ils lui offrent le transport. Avec toute cette exubérance, je n'ai toujours pas ouvert le moindre cadeau, et les grands-parents ne vont plus tarder à arriver. J'essaye de capter l'attention de Charlotte. En bonne joueuse, je veux lui offrir quand même la possibilité de vivre sa part du rituel. Je comprends que je parle clairement dans le vide quand elle décroche son téléphone pour appeler son compagnon de voyage. Sans attendre plus longtemps, car sinon ce sont les invités qui vont devoir patienter, je commence à ouvrir le premier cadeau qui me tombe sous la main. Il vient de Charlotte, et je l'imagine tout de suite surjouant ma réaction comme elle sait si bien le faire. De nouveaux piaillements s'ajoutent à l'excitation déjà à son comble, les miens. J'attrape ma sœur, toujours au téléphone avec Maxime, et la fait tourner dans mes bras. Cette fois-ci, mes parents ne comprennent vraiment plus ce qui se passe mais sont ravis de retrouver notre folie enfantine.

Le mois dernier, Alexandre Dargeski, mon cuisinier préféré, avait sorti son premier livre de cuisine. Charlotte est en stage dans la maison d'édition qui l'a publié et grâce à elle je suis maintenant l'heureuse propriétaire d'un exemplaire dédicacé. J'adore cuisiner et ma sœur se fait toujours un plaisir de goûter mes nouvelles inventions. Ce cadeau présage encore beaucoup de bons moments passés toutes les deux dans mon petit chez moi. Mais il me rappelle aussi toute la préparation qui nous reste à faire. Je me dépêche de finir d'ouvrir mes cadeaux et découvre un bon d'achat, dont mes parents sont si friands, pour une nouvelle combinaison de ski. Je vais avoir un look d'enfer fin janvier sur les pistes de Valmeinier. Le dernier cadeau vient de Guillaume, et me rappelle son absence. Mon cœur se serre en découvrant une paire de boucles d'oreilles en forme d'arbre, la même que je lui ai montrée des mois plus tôt, lorsque je suis allée l'aider à s'installer à Londres. Mes parents ne sont pas en reste non plus. S'ils sont moins expansifs que nous, ils sont tout aussi émus de leur cadeau : une cave de service de la part de nous trois.

❄❄❄

L'ouverture des cadeaux terminée, ma mère commence à regarder fébrilement l'heure. Il est grand temps de repasser en cuisine pour préparer le repas. Charlotte et moi montons vite dans notre chambre nous apprêter. Une jolie robe manches longues aux couleurs de Noël, une paire de collants, un sautoir et me voilà prête. Je complète le look avec une légère touche de maquillage et une queue de cheval haute. Je passe chercher Charlotte dans sa chambre et nous éclatons de rire en nous voyant. Sans nous être aucunement concertées, nous nous retrouvons face à face avec le même look.

Je crois que c'est définitif, nous ne pouvons pas nous renier ! La même manière de penser jusqu'au bout !

Nous sommes coupées dans notre hilarité par la sonnette, puis par les cris de ma mère. Je vérifie mon téléphone, il n'est même pas 11h, les grands-parents sont vraiment en avance cette année. Nous échangeons un regard, entre l'étonnement et la frayeur. Que peut-il donc se passer pour que notre mère crie ainsi ? De nouveau, nous dévalons les escaliers. Une chance que personne ne vive dans le placard en dessous. Arrivées sur l'avant-dernière marche, nous nous arrêtons dans un même pas. L'angoisse fait place à la stupeur. Il nous semble reconnaître la voix de Guillaume. Mais c'est impossible, encore hier il nous a appelés en sortant du travail pour s'excuser une nouvelle fois de son absence et nous dire qu'il pensait fort à nous. Une nouvelle voix, féminine et anglaise, se fait entendre. Maintenant c'est l'incrédulité qui l'emporte. Guillaume accompagné ?

Mon frère nous a toujours gardés à distance de sa vie privée. Il était très beau gosse, enfin selon les dires des copines, plusieurs avaient tenté leur coup sans grande réussite. De notre côté, nous l'avons bien déjà croisé avec des filles, principalement en vacances l'été, mais rien qui ne vaille la peine d'en parler alors encore moins une présentation officielle. Dans un échange silencieux, Charlotte et moi confirmons qu'aucune de nous ne savait quoi que ce soit. Jamais je ne me suis sentie plus éloignée de mon frère qu'à ce moment-là. Les kilomètres nous séparent depuis bientôt cinq ans et ce n'est pas une frontière ou un décalage horaire qui aurait pu mettre de la distance entre nous, du moins c'est ce que je croyais.

Je n'ai qu'une envie, c'est de sauter au cou de mon frère. Je sens chez ma sœur la même impatience, mais cette présence féminine autant étrangère qu'inattendue nous laisse sur la réserve. D'autant plus que l'anglaise n'a pas l'air très à l'aise. Mille questions se bousculent dans ma tête, mais je me garde de les assaillir. J'embrasse mon frère chaleureusement, mais garde une certaine distance avec son amie. Guillaume me remercie du regard. Pour Charlotte cependant, c'est plus dur. Elle reste très fermée et ne s'adresse qu'à notre frère.

Petite dernière de la fratrie, nous avons toujours veillé sur elle, en particulier Guillaume qui avait pris l'habitude de faire passer un interrogatoire à tous les garçons s'approchant un peu trop près d'elle. Beaucoup ont pris peur face à ce grand frère trop protecteur. Et Charlotte s'en accoutumait très bien, disant que ceux qui restaient, au moins, n'avaient pas peur de se battre pour elle. Et c'est elle qui finissait par les quitter, car ils n'étaient pour finir jamais assez bien, sous-entendu, jamais aussi bien que Guillaume. Quand Guillaume est parti en Angleterre, Charlotte s'est rapidement mise avec Maxime qu'elle a connu pendant son stage, il n'a donc pas encore passé le "G-test" comme je l'appelle. Du reste Maxime doit passer prendre le dessert, cela promet une fin de journée haute en couleur.

Je regarde ma mère, je décèle derrière son sourire aimable une certaine anxiété. Elle a eu beaucoup de mal à nous voir quitter la maison Guillaume et moi. Et rien ne s'est amélioré quand son fils a traversé la Manche. Sans être trop collante, elle a toujours été proche, son travail de prof d'anglais lui laissant le champ libre pour s'occuper de nous. Mais c'est une marseillaise, une vraie, jamais elle ne pourrait imaginer vivre ailleurs et surtout loin de sa mère qu'elle voit tous les jours avec une vraie joie partagée. Elle a bien essayé de vivre ailleurs lorsqu'elle a rencontré mon père, un *estranger* venu profiter du soleil et de la mer pendant ses études d'ingénieur. Son diplôme en poche, mon père a trouvé son premier job à Lyon. Enfant de nulle part et d'ailleurs, il voyait dans les déménagements l'opportunité de partir à la découverte de nouveaux horizons. Ma mère folle amoureuse l'a suivi et s'est inscrite à l'IUFM le plus proche. Elle a tenu six mois, à la fin du semestre elle a fait des pieds et des mains pour se faire transférer à Marseille. Cela a faillit être la fin de leur histoire, mais l'amour vrai résiste à tout et mon père démissionna, contre l'avis de tous, et retrouva la chaleur marseillaise avant la fin du printemps. Le plus grand déménagement qu'ils ont vécu par la suite a été de passer de leur appartement dans le Panier à leur maison à l'Estaque. Alors bien évidemment, que la première femme présentée par mon frère soit anglaise, met une ombre au rêve maternel de tous nous avoir à nouveau à ses côtés.

Mais elle fait son possible pour se montrer accueillante et chaleureuse. Guillaume fait les présentations. Il a rencontré Colleen à Paris alors qu'elle était en vacances chez sa correspondante que Guillaume fréquentait. Pour lui, ce fut le coup de foudre immédiat, Colleen quant à elle fut plus réservée, elle savait que son amie était amoureuse même si ce n'était pas réciproque. Elle est donc repartie à Londres sans que rien ne se soit passé. Il a aussitôt mis fin à cette histoire qui ne menait à rien et a commencé à chercher un travail de l'autre côté de la Manche. Quatre mois plus tard, Guillaume se présentait devant le travail de Colleen avec des macarons et un grand café glacé, ses plaisirs préférés. Depuis ils vivent le meilleur des deux cultures.

— Mais pourquoi tu ne nous as pas prévenus ?, demande ma mère.

— Tout simplement car je n'étais pas sûr d'avoir mes jours. Je devais absolument boucler un dossier pour pouvoir partir. Je n'ai eu la validation qu'avant-hier. Tu diras merci à Colleen sans qui je n'y serais jamais arrivé. Tu n'es pas contente ?

— Si bien sûr, j'aurais juste préféré savoir pour vous recevoir dans les meilleures conditions. Mais je devrais bien trouver de quoi nourrir tout le monde.

— Qui a prévu le repas pour ce midi ?, ajoute-t-il avec un sourire en coin.

— Bah moi, dis-je.

— Alors, il y aura assez pour Colleen, moi et ma surprise. Surprise qui doit être gelée vu le temps que nous avons passé à discuter.

❄❄❄

Il ouvre la porte et mon cœur manque un battement quand je vois apparaître David, le meilleur ami de Guillaume. Il est comme un frère pour nous, il était toujours chez nous quand nous étions enfants. Hélène, sa mère travaillait énormément pour subvenir à leurs besoins, son père n'ayant jamais fait partie du tableau. Toujours féru des nouvelles technologies et très doué, il s'est exilé aux Etats-Unis le bac en poche. Il a tout de suite connu le succès et a financé le rêve de sa mère, un salon de thé et pâtisseries, qui lui permet enfin de profiter d'une certaine douceur de vivre. Aux dernières nouvelles, il vient de rompre ses fiançailles, de revendre sa société et de rentrer à Marseille. Bien que très contente de le retrouver, je me demande pourquoi il était là et non avec sa mère pour les fêtes. Mais d'après les mots échangés avec la mienne, Hélène a laissé entrer quelqu'un dans son cœur et ils se sont offerts pour Noël une croisière en Méditerranée.

L'arrivée de David a remis un peu de légèreté et clairement détendu Colleen qui n'est plus le centre de l'attention. Ma mère envoie tout le monde dans le salon poursuivre les présentations et retrouvailles. Puis, elle m'entraîne dans la cuisine en grommelant. Mes grands-parents ne vont plus tarder à arriver et nous serons neuf au lieu de six, si tant est que d'autres invités de dernière minute ne s'ajoutent, bougonne ma mère. Je sais bien qu'elle est heureuse d'avoir la famille au complet à table, mais elle se met toujours la pression lorsqu'il s'agit de recevoir. Je tiens d'elle normalement, mais bizarrement aujourd'hui, je suis juste sur un petit nuage, heureuse d'avoir tous ceux qui comptent pour moi dans la pièce d'à côté ou en route. Nous reprenons le menu prévu et découpons tout ce qui peut l'être pour transformer le repas familial en apéritif déjeunatoire. Guillaume et David sont réquisitionnés pour nettoyer tout ce qui ne passe pas au lave-vaisselle. Après tout, c'est leur faute si tout est chamboulé. Ayant décidé de continuer d'ignorer Colleen, Charlotte vient traîner dans nos pattes laissant mon père seul avec elle. J'applaudis les efforts de ce dernier pour tenter de parler anglais. Avec une femme prof d'anglais, il n'a jamais eu besoin de faire des efforts. Une chance pour lui, Colleen parle presque couramment français.

❄❄❄

Nous avons presque fini de tout arranger lorsque l'on sonne de nouveau à la porte. Un coup d'œil sur l'horloge m'indique qu'il est déjà 12h10. Tiens, c'est étrange ce n'est pas le genre de mon grand-père d'être en retard. Du reste je l'entends râler auprès de Charlotte qui s'est empressée d'ouvrir la porte. Ma grand-mère se confond en excuses. Elle a voulu nous faire des navettes ce matin, mais son amie lui a téléphoné en même temps et elles ont brûlé. Alors elle a obligé Papy Gérard à entrer au cœur de Marseille pour aller au *Fort des Navettes*. Celui des *Docks Village* étant fermé, ils ont dû aller jusqu'à la maison-mère à Saint-Victor et bien sûr il y avait beaucoup de monde. Je sors de la cuisine pour accueillir à mon tour Mamie Louisa et la rassurer. Ce petit coup de chaud est tombé à pic au vu des surprises du jour. Quand j'arrive elle me met d'autorité les navettes dans les mains et je suis envahie par l'odeur de fleur d'oranger et du pain frais. Tellement de souvenirs en famille sont liés à cette odeur que même si je ne les aime pas, ces gâteaux ont toujours une place particulière dans mon cœur. C'est en voyant les yeux de ma sœur que je comprends pourquoi ma grand-mère me les a données. Elle ne peut avoir confiance qu'en moi pour ces précieuses, avec les autres, il est certain qu'il en manquera d'ici le café.

– J'ai entendu parler de navettes ? Guillaume a déserté la cuisine, je ne sais pas ce qui l'a le plus attiré entre les grands-parents et les pâtisseries.

Afin d'éviter un nouvel attroupement dans l'entrée – je veux bien qu'on ait de la place mais ce n'est pas non plus un salon de thé – j'invite tout le monde à rejoindre le salon pour partager les nouvelles autour d'un verre. Je remarque que mon père n'a pas perdu de temps et a déjà servi les traditionnels Pastis pour son père et lui. Je scrute mon grand-père. Je vois dans ses épaules basses qu'il est toujours aussi las, mais sa voix a retrouvé son entrain d'antan. Le déménagement lui a vraiment fait du bien. Lorsque ma grand-mère est décédée subitement il y a deux ans, nous l'avons tous vu dépérir petit à petit, ou plutôt grand à grand. En trois mois il était sous-alimenté et déshydraté. Mamie Louisa, qui s'est toujours très bien entendue avec mes autres grands-parents, a alors proposé de l'accueillir quelque temps chez elle pour le requinquer. Mon grand-père maternel est parti sans laisser d'adresse ni d'explications il y a plus de vingt ans. Après la tristesse et la rage, elle en a fait son parti. Ce manque d'amour, elle l'a comblé auprès des autres en s'investissant dans différentes associations. Je crois qu'elle a vu dans mon grand-père une nouvelle âme à sauver à tout prix. Et si dans les premiers temps, l'emménagement de Papy Gérard n'était que provisoire, il a vite été clair que ces deux-là avaient retrouvé un équilibre et une sérénité ensemble. La maison de Mamie Louisa a été complètement réaménagée pour permettre à chacun d'avoir leur territoire tout en partageant les repas et le salon. D'autant plus que mes parents habitent à 10 minutes à pied en cas de besoin. Je croise le regard de mon grand-père, l'instant est bref, il n'est pas un homme qui montre ses sentiments, mais des paillettes éclairent tout d'un coup ses yeux aussi bleus que la mer qui a bercé mon enfance.

❄❄❄

Ma mère me sort de ma rêverie en me servant une coupe de champagne. Il est temps de trinquer et de profiter d'être les uns avec les autres. Le temps d'un repas, nos cœurs sont emplis d'amour. Peu importe le passé, peu importe le futur, les personnes que j'aime le plus sont réunies dans cette pièce et je compte graver chaque instant dans ma mémoire. Le repas bien évidemment ne se passe pas du tout comme nous l'avions imaginé.

Mais ce n'est que pour notre plus grand bonheur, rien n'est parfait, mais tout est chaleureux, vivant, humain. Pas besoin de s'interrompre pour préparer la suite, pas de longue pause dans les discussions pendant que nous dégustons les plats qui s'enchaînent. Nous sommes dans l'instant, chacun son rythme, chacun son menu, mais tous ensemble. Colleen, que nous venons pourtant de rencontrer, a trouvé sa place dans cet univers familial. Avec toute sa délicatesse et sa retenue, elle s'est imposée comme une évidence dans ce décor. Guillaume ne s'éloigne que rarement d'elle, même s'ils ont chacun leurs conversations à part, on pourrait presque voir le fil rouge reliant leurs doigts.

Pendant que ma mère prépare le café, j'ose lui proposer de refaire la même chose, avec les mêmes invités, l'année prochaine. Avec un rire nerveux, elle me répond pourquoi pas, mais je sais que ça n'arrivera pas. Bien qu'elle passe un excellent moment, c'est l'unicité qui lui donne sa saveur, demain arrivera bien assez tôt et elle trouvera une ou deux ou cent choses à améliorer. Je rigole intérieurement, je ne laisse rien paraître et je la serre dans mes bras. Elle est comme ça, je ne vois pas pourquoi la changer, après tout c'est son perfectionnisme, bienveillant, qui nous a poussé, mon frère, ma sœur et moi, à croire en nos rêves et à toujours se donner les moyens d'aller les chercher.

Je récupère les navettes dans ma cachette secrète. Mais à ma grande surprise, il en manque une. Pourtant je suis certaine que personne ne la connaît, j'ai toujours tout fait pour être très discrète. J'ai cette cachette depuis que je suis petite et je sais très bien que si l'un des membres de cette famille l'avait découverte, il s'en serait vanté. J'ai fait tellement disparaître de goûters et de desserts étant plus jeune. J'avais à l'époque – *une chose de plus que j'aurais bien gardé de l'enfance* – un appétit de moineau. Alors pour ne pas être lésée par mon estomac, je conservais tous mes gâteaux et autres bonbons dans ma cachette. Et jusqu'à présent il ne m'en avait jamais manqué ! Je retourne à la cuisine prête à mettre ma casquette d'inspecteur lorsque David nous rejoint.

— Maria, tu as besoin d'aide ?, demande-t-il. Merci pour l'accueil à la dernière minute. Et avant que tu ne dises quoi que ce soit, le repas était parfait ! Il faudrait que l'on refasse ça une prochaine fois.

Il ponctue sa phrase par un clin d'œil qui m'est destiné. Je sens le rouge me monter aux joues sans que je puisse me retenir. Est-ce qu'il m'a entendu ? Non je ne pense pas, ça voudrait dire sinon qu'il nous observe depuis quelques minutes. Il doit avoir mieux à faire. Et puis, il est comme le quatrième enfant de la famille, il nous connaît tous par cœur. C'est pour cela qu'il sait ce que ma mère a besoin d'entendre et ce que je lui ai déjà dit.

— Merci David, c'est très gentil, lui répond ma mère. Pourquoi pas en effet, tout le monde semble ravi de ce repas. Mais, je ferai peut-être un peu les choses différemment, je préparerai un peu mieux. Le café est en train de finir de couler, je vais sortir les tasses dans le salon, je vous laisse apporter la suite.

❄❄❄

Elle nous laisse seuls dans la cuisine. Tout d'un coup je me sens toute chose. Je crois que je n'aurais pas dû prendre le dernier verre de vin. Trop enthousiaste par ce repas informel, j'ai beaucoup discuté et peu mangé au final. Ce n'est pas le moment de faire un malaise. J'entrouvre la baie vitrée de la cuisine pour respirer un peu. Malgré le mois de décembre, je suis surprise par la température relativement douce. Il n'y a pas à dire, la météo marseillaise n'a rien à voir avec celle de Reims où j'ai élu domicile depuis la fin de mes études. Je reste là quelques secondes à respirer, oubliant presque mon trouble. Mais c'est sans compter David.

— Besoin de prendre l'air ?, me demande-t-il. Toujours aussi heureuse avec du monde autour, mais toujours le besoin de te ressourcer seule à un moment.

Je ne sais pas quoi répondre. Même Charlotte ne comprend toujours pas ce trait de ma personnalité. Je me retourne, prête à soutenir son regard l'air de rien, mais je tombe en premier sur une navette.

— Je crois que tu as perdu ceci, me dit-il un sourire en coin.

— Où l'as-tu trouvée ? Je savais bien que quelqu'un était passé par ma cachette. Mince il va falloir que j'en trouve une autre alors, lui réponds-je.

— Rassure toi, personne de nouveau n'est au courant.

— Comment ça ? Tu sais où est ma cachette secrète ? Attention, je vais finir par croire que tu m'espionnes, lui dis-je en jouant avec son col de chemise et avec un regard faussement sexy – *c'est moi ou il fait chaud d'un coup* ?

— Moi, mais je suis innocent ! Un vrai petit ange que le démon que tu es a voulu pervertir, répond-t-il en réduisant encore plus la distance entre nous.

Devant mon air ingénu, il ajoute :

— Eh bien, ça vaut le coup que je te sauve la mise, si c'est pour que tu l'oublies aussi vite. Non toujours rien ? Il faut donc que je te rafraîchisse la mémoire si je veux que tu retrouves tes jolis yeux. Franchement le look merlan frit ne te va pas du tout.

Et le voici qui s'esclaffe tandis que je pique un fard phénoménal. Mon sang a cessé de circuler pour s'accumuler dans mon visage, je crois que l'on pourrait faire cuire un œuf sur chacune de mes joues. Vu la distance entre nous, je suis sûre que David ressent la chaleur qui émane de ma tête. Et j'ai l'impression que ça le fait rire de plus belle. Je m'éloigne pour rompre cette proximité et reprendre mes esprits. Le café a fini de couler depuis longtemps, si nous ne l'apportons pas dans le salon rapidement, ma mère va venir le chercher et je serai bien incapable de lui expliquer pourquoi nous prenons autant de temps. Je colle dans les mains de David la cafetière et reprends d'autorité la navette qu'il m'a volée pour la mettre avec les autres. Je cherche toujours dans ma mémoire à quel moment j'ai bien pu lui confier mon secret le plus précieux. Mais rien ne vient. La mémoire me revient lorsqu'une mèche de cheveux, s'étant échappée de ma queue de cheval, me voile le regard.

— La coupe de cheveux de Guillaume, dis-je toujours le dos tourné. Pour votre entrée au lycée, vous aviez fait le pari de ne pas vous couper les cheveux de toute l'année. Deux ans plus tard, vous n'aviez toujours pas croisé la route d'un coiffeur. Guillaume adorait sa coupe "surfeur australien", mais en réalité c'était une catastrophe et personne n'osait le lui dire. A quelques jours de ma rentrée en seconde, dans le même lycée que vous, j'ai décidé de passer à l'action. Pendant qu'il faisait la sieste au bord de la piscine, j'ai mis un gros coup de ciseaux dans sa crinière. Tu m'as pris sur le fait et je t'ai supplié de ne rien lui dire. Et comme tu ne voulais rien entendre, je t'ai tiré jusqu'à ma cachette pour te donner tout mon stock de friandise. Sans preuve, je n'ai jamais été punie d'autant plus que Maman s'en était donnée à cœur joie avec la tondeuse. C'est dommage, toi aussi tu t'es coupé les cheveux en solidarité, dis-je à demi-mots...

Sans surprise, j'entends ma mère nous demander s'il y a un souci. J'entends David les rejoindre et s'excuser en disant que nous nous sommes perdus dans les souvenirs en attendant le café. Seule dans la cuisine, je n'arrive pas à rejoindre le présent. Je ressens encore sa main dans la mienne tandis que je lui confiais mon plus grand trésor. Je réalise qu'en dix ans, il ne l'a jamais dévoilé à quiconque, y compris Guillaume qui est pourtant son meilleur ami. Et la chaleur de sa main dans la mienne…

❄❄❄

La sonnerie, qui retentit à nouveau, me fait reprendre mes esprits. L'effervescence des fêtes, le vin du repas, la joie de retrouver Guillaume et David m'ont tout simplement rendue un peu plus émotive. Je veux bien admettre que j'ai toujours eu un faible pour David. Enfin quand nous étions plus jeunes, cela va sans dire. Mais il est le meilleur ami de Guillaume, il est comme un frère pour Charlotte et moi. Et puis, ça fait cinq ans que je ne l'ai pas revu. Il avait sa vie aux States et moi j'ai fait la mienne à Dijon puis Reims. Alors même si on s'envoie quelques messages de temps en temps, je ne connais, finalement, rien de sa vie. Bref, le quotidien normal de deux jeunes la tête pleine de rêves. Je prends une grande respiration avant de fermer la fenêtre, je récupère les navettes sur le plan de travail et rejoins tout le monde. L'arrivée de Maxime aura au moins eu l'effet de détourner l'attention.

Après le café et l'ouverture des derniers cadeaux, mes grands-parents nous proposent de profiter du soleil et d'aller se balader en bord de mer pour profiter des derniers rayons de soleil hivernal. Seuls mes parents acceptent l'invitation, les canapés et autres fauteuils étant bien trop confortables pour nous, pauvres vingtenaires. Malgré un repas très copieux, nous ne résistons pas à une pause cacaotée : les pains d'épices au chocolat de Maman accompagnés de leur nectar liquide.

Depuis que Maxime est arrivé, j'ai l'impression que Charlotte est plus ouverte avec Colleen. Est-ce que la glace commence à se briser entre elles deux ou bien est-ce que Charlotte essaie de mettre toutes les chances de son côté pour le G-Test ? Dans tous les cas, l'ambiance est à la rigolade, les anecdotes fusent de toute part pour que Maxime et Colleen découvrent une autre version de leur partenaire. Une chance d'être célibataire, je reste relativement épargnée des dossiers trop gros. Quand Charlotte sort les photos de Guillaume les cheveux longs, je décide de couper court, une nouvelle fois, en proposant de lancer une partie de "jeu du chapeau". Nous prenons tous cinq feuilles de bloc-notes pour y inscrire des personnages, profession ou autre objet qui nous passent en tête. Nous mettons nos petits papiers dans un saladier avant de nous répartir en équipe de deux. Bien évidemment, face à tous ces couples, je me retrouve à faire équipe avec David. Mais bon, je ne désespère pas pour autant. Depuis le temps que je le connais, nous devrions avoir autant de complicité que les autres. Je suis cependant surprise de sentir mon cœur s'emballer en voyant le sourire en coin que me lance David.

Les premiers fou-rires arrivent rapidement lorsque nous découvrons les mots inscrits par tout le monde et les raccourcis pour les faire deviner. Nous sommes surpris de découvrir certains mots revenir à plusieurs reprises sans nous être concertés – deux fois Jacques Chirac et trois fois Hélène, deux fois les navettes. La première manche se passe assez vite, et les trois équipes finissent presque toutes à égalité. C'est facile quand nous n'avons pas de limite pour faire deviner les mots en question. La deuxième manche est déjà plus complexe. Même si nous avions déjà vu tous les mots dans le "chapeau", les faire découvrir juste en disant un seul mot nécessite un peu plus de concentration. Charlotte nous fait rire en inventant de nouveaux mots qui sortent d'on ne sait où. Nous découvrons un Maxime très à cheval sur les règles. La pauvre Colleen en fait les frais alors qu'elle cherche ses mots. J'ai bien cru que Guillaume allait nous planter là tellement il était en colère – le G-Test part sur un mauvais pied. David quant à lui est très joueur et ne cesse de perturber les équipes avec ses blagues à deux balles, ce qui énerve encore plus Guillaume et déstabilise encore plus Charlotte. Il n'y a que moi qui me tienne bien, qui reste concentrée, je déteste perdre et je mets donc toutes les chances de mon côté. Et ma technique porte ses fruits car David et moi finissons largement en premier, suivis de Guillaume et Colleen et enfin Charlotte et Maxime, dépité. Sentant la situation perdre son côté bon enfant, je lance tout de suite la troisième manche. Je donne de ma personne pour mimer tous les mots que je sors du chapeau. Bientôt, les rires reprennent le dessus et tout le monde est scotché par mon talent inné de comédienne. Je savais bien que j'aurais dû faire le cours Florent. Le revers de la médaille, c'est que David est tellement plié par mon don qu'il n'arrive plus à articuler les réponses. Tout repose sur moi pour sauver l'honneur de notre équipe, mais nous finissons quand même dernier à trois petits points de Guillaume et Colleen et cinq de Charlotte et

Maxime. Mais grâce à notre avance de la deuxième manche nous gagnons quand même la partie. Victoire amplement méritée au vu de mon investissement sur les mimes. J'affiche clairement ma joie avec une danse de la victoire. Je saute dans les bras de David et l'embrasse sur la joue. Le temps semble s'arrêter pendant une seconde, je n'ose plus bouger. La victoire m'est montée à la tête je crois, je ne sais plus ce que je fais. Je m'éloigne aussi vite que je me suis rapprochée. Je n'ose pas le regarder. Pour ne pas laisser transparaître ma gêne, je continue la danse de la joie comme si de rien n'était.

❄❄❄

La nuit est tombée depuis longtemps. Pourtant mes parents ne sont toujours pas rentrés. Un coup d'œil à mon portable m'informe qu'ils nous ont laissé un message sur le groupe familial pour nous dire qu'ils restaient un peu chez les grands-parents pour nous laisser profiter "de notre jeunesse". Entre les deux repas de fêtes et les goûters copieux, nous avons largement de quoi dîner. Si nous avions faim, bien sûr. Moi personnellement, rien que l'idée de manger me donne la nausée. En revanche, connaissant David et Charlotte, je suis certaine que d'ici peu, l'un des deux va demander ce qu'il y a à manger. Charlotte étant blottie dans les bras de Maxime, je parie mentalement sur David. De son côté, Guillaume est en train d'allumer la cheminée. Dernière tradition à l'*Olivilla,* le nom de notre maison, le 25 décembre au soir, c'est un film de Noël sous un plaid avec un chocolat chaud ou une tisane. Le clou de l'ambiance étant bien entendu le feu crépitant. Je réponds à mes parents pour les prévenir que nous sommes en train de préparer la dernière séance. Je demande à Charlotte de chercher un film tandis que je prépare une nouvelle tournée de chocolat chaud. Et sans vraie surprise, elle me demande de ramener aussi de quoi grignoter. Je ne perds pas non plus mon pari contre moi-même, puisque David se propose de m'aider, car lui aussi a faim. Au vu de l'expression de Colleen, elle doit être au moins dans le même état de faim que moi. Elle me demande un thé plutôt qu'un chocolat. Le thé étant une vraie religion dans la famille, je lui propose de venir choisir celui qui lui fera le plus plaisir, sinon je risque de la perdre dans la liste. En temps normal je l'aurais accompagnée avec plaisir, mais à Noël, rien ne peut supplanter le chocolat chaud. Dans la cuisine chacun s'occupe.

Le temps de tout préparer, mes parents nous ont rejoints. Nous nous répartissons dans le canapé et les fauteuils. C'est la première fois que nous sommes autant, il nous faut nous coller un peu les uns aux autres. Mes parents s'installent chacun dans leurs fauteuils, privilège des maîtres de maison. Charlotte et Maxime sont déjà sur le canapé, Guillaume les a rejoints après avoir allumé le feu, suivi forcément par Colleen. En revenant de la cuisine, David et moi ne pouvons que constater que nous allons devoir faire preuve d'ingéniosité. Je râle par principe et réquisitionne tous les coussins pour nous installer au pied du canapé. Bien évidemment il ne reste plus qu'un petit plaid. Le film commence et j'ai du mal à trouver une position confortable sous le plaid et sans investir l'espace vital de David. Je suis mal à l'aise de la situation, et je n'arrive pas à comprendre pourquoi.

❄❄❄

Bon OK, c'est un peu plus qu'un faible que j'ai pour David. La vérité c'est qu'il a été le premier garçon que j'ai aimé, dans le plus grand des secrets. Je n'ai même pas osé l'avouer à mon journal. Dans une fratrie, on apprend vite que rien n'est jamais intime. À quoi bon exprimer quelque chose, j'ai toujours su que je n'avais aucune chance. David, au contraire de Guillaume, enchaînait les petites copines, toutes plus belles que les précédentes. Mais ses histoires ne duraient jamais. Les filles finissaient toujours par le quitter quand elles se rendaient compte qu'elles n'auraient jamais autant d'importance que son ordinateur ou Guillaume. Je n'avais que peu d'espoir à l'époque, j'étais trop jeune, trop banale, trop familiale. David a toujours été sympa avec moi et prenait toujours mon parti lors de nos fréquentes disputes avec Guillaume. Derrière ses regards pleins de tendresse, j'ai fini par me rendre compte que je ne serais jamais plus que sa petite sœur d'adoption. Pour m'épargner plus de douleur, j'ai accepté de sortir avec un pote qui me tournait autour depuis des années. Peu de temps après, David partait aux Etats-Unis sans prévenir, j'enfermais alors mon premier amour à sa place, au fond de mon cœur. Mes histoires d'amour n'en ont que le nom, J'ai bien présenté certains amis à ma famille. Plus pour coller à une certaine normalité que par sincérité des sentiments. Je me rends compte aujourd'hui, assise si proche et à la fois si loin de David, qu'un premier amour laisse toujours une trace sur notre âme, qu'il soit partagé ou non.

Cette prise de conscience me fait frissonner. Bien sûr, David ne manque pas de s'en apercevoir. Il se rapproche pour me serrer dans ses bras et remonter la couverture sur nous. C'est définitif, j'ai perdu le fil du film. Ce n'est pas grave, si je me focalise un petit peu, je peux facilement rattraper mon retard. J'adore les films de Noël, mais on ne peut pas dire qu'ils brillent par leur complexité. Sauf que je n'ai aucune envie de me concentrer. Mon seul désir est de m'enivrer avec le parfum de David, une douce odeur musquée et épicée encore bien présente malgré l'heure avancée. Au point où j'en suis, je me laisse aller totalement et je pose ma tête sur son épaule. Je dois finir par m'endormir, car quelques secondes plus tard, enfin de mon point de vue, David me caresse la joue pour me réveiller. Le film est terminé. Je me redresse gênée et regarde autour de moi. Je sais que Charlotte et Guillaume ne vont pas me rater s'ils ont vu quoi que ce soit. Pour une fois, la chance est de mon côté. Je ne suis pas la seule à m'être laissée aller. Portés par le confort de la situation, et par la digestion de toutes les gourmandises du jour, Guillaume et Charlotte ont aussi sombré dans les bras de leur cher et tendre.

❄❄❄

Je me relève sans oser regarder David et je m'applique méticuleusement à plier le plaid sans faux plis. Je sais que la parenthèse se termine en même temps que cette journée. Le brouillard de mon dernier somme m'embue encore l'esprit. Je n'ai plus aucune idée pour prolonger un peu plus l'instant. Mon corps et ma tête ne demandent qu'à rejoindre mon lit. Et mon cœur palpite pour essayer de réveiller tout ça et rester avec David. Je suis sortie de mes pensées par ma mère.

– Tu devrais aller te coucher, tu tiens à peine debout !, puis elle me glisse à l'oreille en me prenant dans ses bras, Merci pour ton aide, je ne sais pas comment j'aurais fait sans toi. Tu es vraiment faite pour la gestion événementielle.

C'est l'heure des dernières embrassades de la journée. Ma mère laisse couler une larme en prenant son fils dans les bras. Je peux dire, sans me tromper, qu'il lui a fait le plus beau des cadeaux. Elle remercie ensuite chaleureusement Colleen d'avoir rendu possible ces retrouvailles et qu'elle espère la revoir bientôt. A défaut de ravoir un jour tous ses enfants à proximité, elle s'imagine déjà faire le voyage vers Londres, ville qu'elle affectionne presque autant que Marseille.

De mon côté, je suis aux anges de voir que le temps, la vie, les couples, n'ont rien retiré aux charmes des fêtes de famille. Comme on dit, plus on est de fous, plus on rit. Une nouvelle dynamique se crée, rien ne sert de regarder le passé, autant jouir pleinement du moment présent sans trop craindre le futur. Je sais que demain, la vie reprendra son rythme endiablé, moi-même j'ai mon train pour rentrer en début d'après-midi. N'aimant pas les aurevoirs qui s'éternisent, je m'éclipse assez rapidement en saluant de loin David. Je n'ai aucune confiance en moi si je le prends dans mes bras. Mon cœur me pince assez maintenant pour ne pas en rajouter. Je monte les marches quatre à quatre et m'enferme dans ma chambre. Moi qui voulais rester plus longtemps avec David, finalement, je n'ai fait que m'enfuir aussi vite que possible.

❄❄❄

Arrivée dans la sécurité de ma chambre, je prends tout mon temps pour me démaquiller, me déshabiller, mettre ma nuisette. Alors que mon corps et ma tête ne demandaient qu'à dormir il y a quelques minutes, maintenant ils trépignent et tournent en boucle pour rester éveillés. Trop d'émotions aujourd'hui, je sais que si je me couche, je vais tourner et retourner dans mon lit pendant de longues minutes avant de sombrer dans le sommeil. Je sors donc mon livre de mon sac de voyage *Dans son ombre* de Thalie Bannière. C'est ma meilleure amie qui me l'a offert en cadeau de Noël par avance pour m'occuper dans le train. Même si j'étais sceptique au début, l'univers de la course auto n'étant pas du tout mon truc, en définitive, je suis complètement accro. Il ne me reste que quelques chapitres pour connaître la fin. Tant pis, je me trouverai autre chose pour le voyage demain.

❄❄❄

En même temps que je plonge dans mon livre, la maison quant à elle plonge dans le silence. Tout le monde est couché. Je me demande si David est bien rentré chez lui. Après une journée entourée de plein de monde, il doit se sentir bien seul chez sa mère. Après avoir lu trois fois la même phrase, j'abandonne mon livre, je crois que rien n'y fait, rien ni personne ne pourra ce soir me le sortir de l'esprit. Je prends mon téléphone et lui envoie un message.

Bien rentré ? Un peu de calme ça fait du bien après une journée comme ça. C'était cool de te revoir.

Portée par la fatigue, je ne réalise que trop tard que j'envoie un second message.

Fais de beaux rêves, à bientôt j'espère.

Quand je m'en rends compte, je m'empresse de l'effacer, merci les nouvelles technologies. Enfin pas totalement, car un voyant m'indique que le message a été lu avant que je le jette aux oubliettes. Cette fois c'est sûr, je ne vais pas dormir de la nuit… Ne jamais écrire sur le coup de la fatigue, de l'alcool ou de tout autre état altérant la conception du monde, règle numéro un des amours secrets. Je le sais pourtant.

J'entends frapper à ma porte. Je pense tout de suite que Charlotte veut m'emprunter quelque chose. J'ouvre sans réfléchir. C'est comme ça que je me retrouve en nuisette face à un David aussi surpris que moi. Je vois ses yeux quitter les miens pour s'attarder sur ma tenue. Je ne sais plus où me mettre et je tente maladroitement de couvrir ce que je peux de peau. Lorsque ses prunelles reviennent sur les miennes, j'y découvre une nouvelle lueur que je n'avais jamais vue. Nous restons là sans rien dire pendant quelques secondes. Puis j'entends la porte de Guillaume s'ouvrir et sans réfléchir – *c'est le thème de la soirée je crois* – je fais entrer David dans ma chambre avant de fermer la porte, comme une enfant voulant éviter le flagrant délit. Je profite du mouvement, pour lui tourner le dos à la recherche d'un vêtement qui me rendrait plus présentable. J'essaie de faire passer mon trouble en entamant la conversation.

— Tu n'es pas rentré ? - *bah non cruche, sinon il ne serait pas là dans ta chambre.*

— Non, vu l'heure tardive, Maria m'a proposé de dormir dans la chambre d'ami vu que ma mère est en voyage.

— C'est bien. Tu as passé une bonne journée ? - *alors là je touche le fond sur la banalité de ma conversation.*

❄❄❄

Je trouve enfin un pull, je m'apprête à l'enfiler mais David interrompt mon mouvement. Il passe ses mains sur ma taille et me retourne pour que je lui fasse face. De nouveau ses yeux plongent dans les miens. Ma gorge est sèche, mes mains sont moites et je suis sûre qu'il entend mon cœur frapper dans ma poitrine, tandis que lui a ce petit sourire en coin que je ne lui connais que trop bien, mais qui jusqu'à présent ne m'a jamais été destiné.

— Sauf si tu as froid, ce dont je doute vu le rouge de tes joues, ne t'habille pas. Laisse-moi profiter de mon plus beau cadeau de Noël depuis bien longtemps.

Il s'éloigne un peu pour mieux me regarder avant de m'attirer à nouveau tout contre lui. C'est à l'oreille qu'il continue de me parler.

— J'espère que je ne t'ai pas fait trop attendre pour te revoir, car moi je t'attends depuis trop longtemps

Nous restons là enlacés. Je suis privée de tout raisonnement, de tout mouvement. Ma tête est sur son torse, je m'enivre encore de son parfum, j'entends mon cœur battre si fort, ou bien est-ce le sien qui est au diapason du mien. Je pourrais rester une éternité ainsi. Je sais qu'il n'en fera pas plus, il s'est déjà beaucoup confié ce soir, et tous ses gestes me disent qu'il ne veut pas me brusquer. Moi, j'ai trop attendu ce moment, et je ne serai satisfaite que si je vais au bout des choses. Tant pis si l'on doit le regretter plus tard.

Alors j'inspire pour la première fois depuis je ne sais combien de temps. Ce souffle me donne la dernière once de courage dont j'avais besoin. Je décolle ma tête de son torse, nos regards s'ancrent à nouveau, comme aimantés. Je ne laisse pas le temps à ma raison de reprendre le dessus. Je laisse parler mon corps et mon cœur. Je me hisse sur la pointe des pieds, sans jamais lâcher ses yeux. Nos bouches sont tellement proches que je sens sa respiration sur la mienne. J'ai peur, je sais que plus rien ne sera comme avant. Je dépose sur ces lèvres si douces un baiser. J'ai de nouveau quize ans. Je sens ses bras se refermer plus fort autour de moi, et sa bouche appuyer un peu plus contre la mienne. Très vite ce simple baiser prend une ampleur et une chaleur inattendues. Ses lèvres s'entrouvrent et sa langue se fraie un chemin en moi. J'ai l'impression d'avoir dégoupillé la grenade de la passion et son explosion n'est pas sans me déplaire. Je n'ai jamais vécu une telle urgence dans un baiser, comme si nos vies en dépendaient. Et aussi soudainement que j'ai posé mes lèvres, David les retire.

– Tu vas me rendre fou à m'embrasser comme ça.

– Que veux-tu, ça fait quinze ans que j'attends ça. Je ne peux plus me retenir vu comment tu réagis, je lui réponds avec un petit air espiègle.

– Je n'en ai aucune envie, mais il faut que je retourne dans ma chambre, je n'ai pas envie que ton frère m'écharpe. Et puis j'ai envie de ne t'avoir que pour moi avant de te partager encore avec ta famille. Demain je dois accompagner Guillaume et Colleen à l'aéroport, ensuite je suis libre jusqu'au retour de ma mère le 3 janvier. Je sais je m'impose, mais que dirais-tu de me faire visiter Reims et de m'initier aux plaisirs du champagne ?

– Tu es sérieux, tu veux venir chez moi ?

– Oui, j'ai déjà pris mes billets en fait quand je pensais que tu dormais, m'avoue-il avec un air contrit. Je ne voulais pas laisser en suspens plus longtemps tout ce qui s'est passé aujourd'hui…

Je ne le laisse pas aller plus loin, je me fiche de tout ce qu'il a à dire pour le moment. Tout ce qui m'importe c'est qu'il veut passer du temps avec moi, rien qu'avec moi, rien que pour moi. Je reprends possession de ses lèvres trop longtemps refusées. Ses mains glissent maintenant sur ma peau nue. Celle-ci s'électrise au contact de la sienne. Sa bouche quitte la mienne pour venir se perdre dans mon cou. Un gémissement m'échappe et nous surprend tous les deux. Nous comprenons vite qu'il vaut mieux en rester là si nous voulons vivre l'instant pleinement. Nos baisers se font plus sages, mais nous n'arrivons pas à rompre notre étreinte. Lorsque nos cœurs s'emballent une nouvelle fois, c'est moi qui suis raisonnable et m'éloigne.

— Ton train est à quelle heure demain ?, je lui demande.

— 13h56.

— Parfait, comme moi. On se retrouve à la gare ou tu passes me prendre ici ? – *Mon dieu j'ai dit ça ?*

— Ta mère m'a déjà invitée à manger avec vous demain midi. Tu sais comment elle est quand ma mère n'est pas là. Elle craint que je me laisse dépérir. Alors je peux très bien dire que je t'emmène à la gare et prendre le train avec toi.

— Pour une fois qu'elle nous facilite les choses, on ne va pas s'en plaindre.

David s'approche pour déposer un baiser chaste sur mon front, et s'éloigne pour rejoindre la chambre d'ami. Je n'ai aucune envie de le laisser partir. Il m'a pourtant montré et dit qu'il voulait passer du temps avec moi, mais je ne peux m'empêcher d'avoir l'impression que s'il part, il réalisera que nous sommes en train de faire une erreur. Car sortir avec le meilleur ami de son frère, ou la petite sœur de son meilleur ami, il faut bien dire que ce n'est pas la plus brillante des idées. Ce n'est pas que nos vies que nous mettons dans la balance, mais tout l'équilibre familial.

— Reste avec moi ce soir. Promis, je saurai me tenir. Et si tu veux on met un réveil pour que tu puisses rejoindre ta chambre avant que les autres ne se réveillent.

— Ce n'est pas sérieux, tu en as conscience ?

— Viens.

Je le prends par la main et l'entraine avec moi au lit. Nous sommes un peu serrés, mais ce n'est pas sans nous déplaire. Je ressens tout son désir contre moi, mais nous le savons, ce n'est ni l'endroit, ni le moment. Bientôt nous aurons toute une ville à nous. Je programme mon réveil à 5h00 sur mon téléphone et le cale sous l'oreiller pour être sûre que nous soyons les seuls à l'entendre. Pour une dernière fois aujourd'hui, je me cale dans ses bras. Moi qui pensais devoir lutter pour trouver le sommeil, je suis tellement bien que je m'endors quasi instantanément bercée par sa respiration fluide et régulière.

Une nouvelle nuit, de nouveaux rêves…

Remerciements

Il y a un an, j'avais des rêves plein la tête, et plein les fichiers de mon PC. Jamais, au grand jamais, je n'aurais pensé avoir la chance d'écrire ces quelques mots. Aujourd'hui, j'ai toujours autant de rêves, voire plus et plus grands car j'ai pris le courage de sortir de mon sommeil confortable pour en réaliser au moins un.

Sur mon chemin, plusieurs personnes se sont présentées. Chacune à leur manière, elles m'ont apporté forces, connaissances, encouragements, sérénité et coups de pied aux fesses. Tout a commencé sur Facebook avec le groupe *"Lire c'est rêver les yeux ouverts"*. J'y ai découvert des auteurs merveilleux aussi réels que vous et moi, des écrivains, du dimanche parfois, qui avaient converti leur imagination en livre. Je me rappelle encore le jour où tout a changé : j'étais en train de lire le calendrier de l'avent de Frédéric Chopin, et je me suis dit "moi aussi je peux le faire, moi aussi je veux faire vibrer les gens". J'ai repris mon vieux "*Rêve de Noël*" pour lui apporter un petit lifting et surtout une fin bien méritée. Dès le début, j'ai pu compter sur Thalie Bannière pour sa relecture, ses corrections, ses conseils et surtout son amitié.

Il y a eu aussi la bienveillance et les encouragements lorsque je publiais mes chroniques livresques et tout s'est enchaîné assez vite. Un blog, un nom de plume et surtout de nouvelles rencontres grâce à un nouveau groupe "*Quand Melo et Jenny s'en mêlent*" : Audrey Notte et Nanie Bai, votre soutien et votre amitié valent de l'or pour moi.

Je tiens aussi à remercier ces merveilleuses femmes que j'ai rencontrées : Ana P, Audrey J, Elodie V, Es'telle F, Jennifer L, Jenny G, Karine P, Mélodie L, Pauline D (sans qui la couverture ressemblerait à une affiche de téléfilm allemand de l'après-midi). Chaque mot que vous avez soufflé à mon écran m'a fait progresser et avancer, en particulier pour l'édition de cette nouvelle.

Je souhaite offrir le plus tendre des "merci" à mon mari. Je t'aime avec tout mon cœur, toute mon âme. Tu m'as sauvé de moi-même et tu m'as offert la meilleure source de réconfort, mais aussi d'épuisement avouons-le, notre fils. Vous me supportez, au propre comme au figuré, jour après jour.

Pour finir, merci à vous lecteurs qui avez fait le voyage dans mon univers onirique. Sans vous, mes phrases ne sont que des mots les uns à la suite des autres. C'est vous qui leur donnez forme dans votre imagination. J'espère que le rêve vous a plu, si c'est le cas, n'hésitez pas à le partager encore et encore. Sinon, n'hésitez pas à le partager aussi, comme on dit tous les goûts sont dans la nature !

A bientôt pour de nouveaux rêves, ou d'autres histoires.

Eidole

Restons en contact

Si l'envie vous prend, je serai ravie d'échanger quelques mots, ou plus…

https://linktr.ee/eidole